시작은 의도적, 연애는 비의도적

일러두기

드라마의 분위기와 입말을 살리기 위해 맞춤법과 띄어쓰기 원칙을 지키지 않은 부분이 포함되어 있다.

비의도적
연애담

PHOTO ESSAY

1판 1쇄 발행 2023년 4월 27일
1판 2쇄 발행 2023년 5월 12일

지은이 | 넘버쓰리픽쳐스

발행인 | 황민호
본부장 | 박정훈
책임편집 | 김사라
기획편집 | 김순란 강경양
마케팅 | 조안나 이유진 이나경
국제판권 | 이주은 한진아 고수림 김다인
제작 | 최택순
디자인 | ALL design group

발행처 | 대원씨아이㈜
주소 | 서울특별시 용산구 한강대로15길 9-12
전화 | (02)2071-2019
팩스 | (02)749-2105
등록 | 제3-563호
등록일자 | 1992년 5월 11일

ISBN 979-11-7062-125-6   03810

비의도적
연애담

UNINTENTIONAL
LOVE STORY

PHOTO ESSAY 넘버쓰리픽쳐스 지음

니들북

대한민국 최고의 화가 윤성국 화백과 사랑이 넘치는 어머니의 외아들로 태어나 부족함 없이 자랐다. 어려서부터 어딜 가든 눈에 띄었고, 무엇을 하든 뛰어났다. 잘생긴 외모, 탄탄한 배경, 자연스럽게 주변에는 사람들로 넘쳐 났고 자신을 이용하려는 사람들에게 상처도 여러 번 받았다. 그래서 더 차가워졌는지도 모른다. 무뚝뚝하고 사람에게 곁을 내주지 않는 까칠함이 기본 값이지만 알고 보면 그 속에 다정함이 숨겨져 있다. 한번 애정을 가진 상대에게는 한없이 따뜻한 남자.

화가 윤성국의 아들이 아닌 천재 도예가 윤태준으로서 세간의 주목을 받기 시작할 무렵. 갑자기 세상에서 삭제되듯이 사라져 버렸다. 촉망받던 젊은 예술가의 잠적에 많은 사람들이 그의 행방을 찾아 나섰지만 아무도 찾을 수 없었다. 완벽하게만 보였던 윤태준이라는 도예가가 자신의 청춘을 온통 뒤흔들어 놓은 첫사랑에게 배신당하고, 이름까지 '차주헌'으로 바꾼 채 강릉의 한 바닷가 마을에 정착했다고 그 누가 상상이나 했을까.

전보다 말수가 더 적어졌고, 그 누구와도 엮이고 싶지 않았다. 관계에 대한 회의가 태준의 빛을 앗아갔다. 그러던 어느 날, '달항아리' 매장에 누군가 발길을 들여 놓기 시작한다. 신기할 정도로 잘 웃고 따뜻한 눈을 가진 남자 '지원영'. 태준이 말한 도예에 대한 철학이 마음을 울렸다며 자꾸만 제 주위를 맴도는 원영이 태준은 어이가 없었다. 하지만 저 아이, 지치지도 않는다. 끊임없이 문을 두드려대는 원영이, 좋을 때 건 힘들 때 건 밝게 웃어버리는 그가 너무나도 거슬린다. 이제 태준은, 자신이 만든 울타리를 아무렇지도 않게 뚫고 들어와 버리는 원영을 어쩌면 좋을까.

윤태준(32세)

#2월 4일생 #A형
#외동 #서울출생

"세상에서
삭제되듯 사라진
천재 도예가"

평범한 가정에서 태어나, 문제 한 번 일으키지 않고 잘 컸다. 자잘한 사고야 잦았지만 웃어넘길 정도였고, 크게 보면 부모 속 한 번 썩인 적 없었다. 사업을 한답시고 늘 사고를 일으키는 아버지 탓에 고생하는 어머니를 보며 원영의 삶의 목표는 자연스럽게 대기업 직원이 됐다. 딱히 꿈이라곤 할 수 없었지만 주변 사람들이 행복하다면 자신도 행복한 것이라고 믿었다.

그렇게 명문대 경영학과를 나와 태평그룹에 입사했다. 하지만 평탄할 것이라고만 생각했던 원영의 인생에 금이 가기 시작했다. 입사 2년 차, 원영은 상사인 김 과장의 업체 선정 비리 사건에 휘말려 보직 해제 처분을 받았다. 억울한 마음도 잠시, 당장 이번 달 카드값부터 아버지가 친 사고 수습을 위해 받은 임직원 대출까지, 일단은 이 답 없는 현실에서 도망치기 위해 친구의 조언대로 강릉 여행을 떠난다. 그리고 그곳에서 태평그룹 회장님의 최애 아티스트, 도예가 윤태준을 만나게 되었다.

2년 전 감쪽같이 사라져 버린 천재 도예가. 회장님이 눈에 불을 켜고 찾던 그를 데려간다면 복직은 문제도 아니라는 생각이 들었다. 이름까지 바꿔 살아가고 있는 그를 억지로 끌어내는 게 맞는 것인지 도의적인 물음이 원영의 바짓가랑이를 잡아당기지만 "우리 회사랑 계약하는 게 나쁜 일도 아니고…" 벼랑 끝에 선 원영은 결심을 굳힌다. 그런데 이 남자, 너무 까칠하다. 아무리 친해지려 해도 꿈쩍하지 않는 철벽이 그를 둘러싸고 있는 것만 같다. 온갖 꼼수를 써 그와 가까워지고, 그에 대해 알게 되면서 원영은 점점 윤태준이라는 사람이 진심으로 궁금해지기 시작한다. 왜 당신과의 시간이 이토록 위안이 되는지, 왜 당신은 나에게만 이렇게 다정한 건지. 자꾸만 묻고 싶어진다.

"복직을 꿈꾸는
태평그룹
총무과 직원"

지원영 (27세)

#9월 13일생 #O형
#청주출생
태평그룹 총무과 직원

'좋은 게 좋은 거다'가 삶의 이념인 낙천주의자 꽃미남 카페 사장. 고등학교 때 자신의 성 정체성을 깨닫게 된 후로 가족에게 커밍아웃하고 집에서 내쫓겼다. 어머니끼리의 친분으로 태어나면서부터 형, 동생 사이였던 호태는 동희의 첫사랑이었다. 호태를 잊기 위해 도망치듯 서울로 대학을 가고 8년이라는 시간이 흘렀다. 이 정도면 잊기에 충분한 시간이라고 생각했는데. 다시 돌아온 고향에서 만난 호태를 보고 깨달았다. 감정은 하나도 사라지지 않았다는 것을. 설상가상 갑자기 자신에게 호감을 표시하는 호태까지. 혼란스러운 동희는 도대체 호태의 마음을 알 수가 없다. 그리고 자신의 마음도.

김동희(29세)

#4월 1일생 #AB형
#외동 #강릉출생

고호태(27세)

#7월 24일생 #O형
#외동 #강릉출생

호태가 수영을 그만둔 건 동희 때문이었다. 학창 시절, 동희에게서 풍기는 묘한 분위기는 호태를 매료시켰고 그렇게 호태의 방황이 시작되었다. 닥치는 대로 여자를 만나고 동희를 좋아하지 않기 위해 노력했다. 동희가 서울로 대학을 가면서 강릉을 떠났을 때는 죽을 만큼 괴로웠지만 시간은 점점 호태로부터 동희를 지워갔다. 어머니의 가게를 도우며 반 백수처럼 빈둥대며 살았다. 그렇게 8년의 시간이 흐르고, 그때의 감정은 사춘기 시절의 열병이었을 뿐이라고 이젠 정말 괜찮아졌다고 생각했는데. 예전 그 모습 그대로 동희가 다시 나타난 순간부터 호태의 사춘기도 다시 시작되었다. 그리고 이제는 그만 인정하기로 했다. 고호태는 김동희를 좋아한다고.

"태준의 첫사랑"

태준에게 상처를 주고 떠난 태준의 첫사랑. 태준에 대한 열등감과 불안감으로 태준을 이용하고 거짓말을 했다. 결국엔 그를 배신하고 차갑게 떠났는데….

몇 년 뒤 다시 마주친 태준의 곁에 있는 원영을 본 순간, 자신은 태준의 옆에서 한 번도 저렇게 온전히 웃어 본 적이 없지 않았나 싶어 스스로가 불쌍하게 느껴졌다.

최인호(34세)

"태평그룹 기획실장"

태평그룹 기획실장. 겉으로 보기에는 호인처럼 보이지만 권력을 손에 쥐기 위해서라면 무엇이든 하는 타입이다. 태평그룹 회장님의 최애 도예가인 윤태준을 찾는 데 골머리를 앓던 중 원영에게 윤태준을 찾았다는 연락을 받고 그를 데려와 전속 계약을 맺게 하라는 지시를 내린다.

정선호 실장

박건희

"태준의 대학 선배"

태준의 대학 시절 선배로 유일하게 태준과 인호의 관계를 알고 있는 사람. 태준이 잠적한 이후에도 태준의 곁에서 조언을 아끼지 않으며 원영과의 관계에도 도움을 준다.

내 시선이
네게 머물던
순간

보직 해제 처분 났다더니, 진짜구나? 안됐다. 이제 입사 2년차인데…

안되긴 뭐가. 그 상사에 그 부하 직원인데. 김과장 직속이잖아.

김과장 말이면 무조건 네네, 완전 네네봇이었다는데, 솔직히 김과장이 안 써먹었다는 게 말이 돼?

근데, 어떡하죠? 부탁하신 일 시작하자마자 이런 일이 생겨서…

에이, 그건 돌아와서 하면 되죠. 걱정하지 말고.

대학 다니는 내내 스펙 쌓느라 뼈를 갈아 넣었는데… 학자금 대출도 아직 남았다고!
우리 아빠 사고 친 돈, 임직원 대출로 막았는데…
이거 퇴사하면 바로 갚아야 하는 거 맞지?
아아, 야! 됐고. 너 일단 좀 떠나라.
가서 머리 좀 식히고 와. 또 알아?
그 안에 오해도 풀리고 복직도 되고 할지?

으씨… 김과장! 내가 이거를!!
정말 죄송해요… 어딘지 알려주시면 제가 금방 가서 사올게요.

뭐 찾으시는 거라도?

넓적한 접신데요, 파란? 푸르스름? 푸르딩딩?

아무튼 여기서 샀다고 하시던데 제가 깨 먹어서요.

그냥 아무거나 주세요. 다 똑같아 보이는데.

같은 그릇이란 건 없습니다. 반죽에 따라 규석이 더 섞이기도 하고,
석회석이 더 섞이기도 하고, 유약이 더 발린 것도 있고,
덜 발린 것도 있지만… 가마 안에 들어가기 전까진 잘 몰라요.
가마 속 온도를 견뎌내고 나와야만 고유의 색깔이 드러나니까.
세상에 똑같은 그릇이란 건 있을 수 없습니다.
사람이 고난을 이겨내는 방법이 다 다른 것처럼.

그럼 저는 이걸로 할게요.
제 눈에는 얘가 젤 씩씩하게 잘 이겨내고 나온 것 같거든요.

손님에게 그렇게 보인다면 그런 거예요.

도예가 윤태준. 우리 회장님의 '최애' 아티스트인건 뭐 당연히 알 테고.
요즘 같은 세상에 가능한가 싶을 정도로 깨끗하게 증발해 버렸거든.
어제 회장님이 다시 윤작가 얘기를 꺼내시더라고. 찾아내야지.

잘 들어요. 앞으로는 원영씨가 윤작가를 전담 마크 하는 거예요.

복직해야죠.

지금부터 윤작가에 대해서 알아내세요.

원영씨가 할 수 있는 만큼, 싹 다! 알겠죠?

그래, 뭐 우리 회사랑 계약하는 게 나쁜 일도 아니고.

한번 해보자 까짓거!

저는 지원영이라고 합니다. 사장님이 해주신 그릇 얘기 듣고 감명받았거든요.
좀 더 사장님 옆에 있으면서 더 많이 보고, 배우고 싶다고 생각했습니다!
지원영씨라고 했죠. 나가세요.

대학교 때 카페 알바 많이 했다니까요.
오케이, 합격! 바로 일할 수 있어요?

넌 왜 주헌이네 가게에서 일하려고 하는 거야?
차주헌 그거, 너 오기 전까지 대화 상대가
딱 나 하나였어.

시끄러워 죽겠네. 니가 식당 전세 냈냐?

우리 엄마가 왜 니 이몬데? 니가 내 사촌이냐?

너 형이라고 안 불러?

내가 여기 매일 올 거 너 땜에 하루 걸러

하루 오는 거거든?

원영이 어제부터 여기서 일해.

뭔 신의 계시처럼 취준생이 눈앞에 떡! 그걸 왜 안 써?

덕분에 가게 매출도 쭉쭉 오르고 있거든.

앞으로 잘 부탁드립니다.

부탁받을 일, 없었으면 하는데요?

방금… 뭐예요?

실례. 뭐 좀 확인해 봤어요.

혹시 남자 좋아하는 취향인가 해서요.

아니, 뭐 그런 말도 안 되는 오해를!!

지금 사장님 저한테

사과하셔야 되는 거 아니에요?

저 진짜 엄청 놀랐거든요!

사과 말고,

제 부탁 하나만 들어주세요!

인생을 배우고 싶다면서요.
도예수업에서 인생철학을 가르치진 않습니다.
아무것도 얻지 못하더라도 실망하지 말라고.
그것까지 책임지진 않을 거니까.

설마 아무것도 못 얻겠어! 이게 어떤 기횐데!
안 보고 뭐 합니까? 손에서 힘 빼요.
굳이 어떤 모양을 잡겠다는 생각으로
움직이지 말고. 처음부터 잘하는 사람 없습니다.

사장님!! 가게 가시는 거죠?
그럼 저 좀 태워주시면…
다른 방향입니다.

약속 취소됐습니다. 시장 가는 거면 타요.
고맙습니다!! 근데 여기 시장 반대 방향 아니었나?

수업할 때 쓰는 점토랑 찰흙은 뭐가 많이 달라요?
기물을 만들어 보는 것 보다, 손가락으로 흙을 토닥이면서
감각을 익히는 게 훨씬 도움 될 겁니다.
사장님 여자 친구는 오래 못 살겠어요.
저 남잔데도 방금 심쿵사할 뻔.
사장님이 잘생기긴 했지만, 저 남자거든요. 오해하지 마세요.

왜 둘이서 같이 와? 설마? 수업 끝나고 원영이 태워서 온 거야?

뭐지? 이 비현실적인 느낌은?

제가 태워달라고 부탁드렸어요.

사장님! 다음 수업 때까지 기초는 제대로 연습해 갈게요!

저… 저기요! 대화로 해결해요 대화로!
그냥 놔둬. 어차피 맞으려고 나온 거니까.

아뇨, 저 말고 이분요.
또냐? 이번 여친은 좀 쎈가 보다.
상처 봐라 진짜… 팔 이리 대.
내 몸에 손대지 말랬지.
잘 가리고 다녀,
이모 걱정하신다.

깐
따
빼
야

형… 괜찮아요?

괜찮아 뭐, 분기마다 있는 행사랄까…

이번엔 좀 오래 만나나 싶었는데 역시나였네.

근데 사장님은 막 전시회 같은 거, 그런 건 안 하세요?
근데 넌 차주헌에 대해서 왜 그렇게 알고 싶은 건데?
아, 그냥… 뭐 동경 비슷한 거랄까? 닮고 싶달까…

이렇게 열심히 하는 수강생 보셨어요?

굳어진 흙으로는 연습해도 소용 없습니다.

흙의 무르기에 따라서 미세하게 달라지는 감각들을 익혀야 하거든요.

사장님은 도예 얘기만 하면 엄청 반짝반짝 빛나는 것 같아요.

그렇게 좋아하는 뭔가가 있다는 게 부러워서요. 저는 그런 꿈도 없거든요.

그냥 취직해서, 평생 한 회사 다니는 거 정도?

그 평범함을 꿈꾸는 사람도 있습니다.

구름달항아리?? 어? 근데 여기 이게 왜 있지?

그럼… 여기가 윤태준네 집???

기억납니까?

혹시 제가 실수한 거라도…? 나가서 아침 사오신 거예요?

작업실 다녀오는 길에. 해야 될 게 있어서요.

누구 술주정 받아내느라 아무것도 못 해서.

사장님 여기 목에… 죄송해요. 점토물이 묻은 것 같아서 닦아드리려고…
으… 속 쓰려… 죽겠다. 뭐가 어떻게 된 거야?
작업실 다녀오시는 길에 사오셨대요.
자꾸 안 하던 짓을 하네…

수강생들 작품. 신입생이 만든 거.
이야 아주 그냥 첫 작품부터 호강을 하는구나 호강해…! 하트네 하트! 작품 시작 안 할 거냐?
쉴 만큼 쉬었잖아. 지난주에 전시회 때문에 서울 갔다 왔다. 아니 왜 니 소식을 다들 나한테 묻는 거냐.
너, 아직 잘나가더라.

해장국집 이모님이 호태씨 과외 좀 봐 달라고 해서요… 커피 배달 하루 매출 20만원은 책임져 주신다고…

호태 걔가 생긴 게 좀 무서워서 그렇지 알고 보면 얼마나 착하고 순진한 앤데.

내가 알바생들 보너스 주는 데는 전국에서 1등이야. 그지?

진짜죠? 할게요!

사이가 조금 더 가까워진 것 같긴 하거든요.
집에도 한 번 갔다 왔구요, 술도 같이 마셨고요.
어쨌건 윤작가가 원영씨한테 완전히 마음을 열게끔 만들어야 된다는 거 알죠?
저, 정말 복직되는 거 맞죠?

널 만나고
깨달은
낯선 감정

왜 그렇게까지 열심히 합니까? 이제 와서 도예가가 될 것도 아니고.

그거야. 시작했으니까요. 제가 하고 싶다고 우겨서 하기도 했구요…

첫 작품. 가마 작업 하는 김에 같이 구웠어요. 저번에 말했죠?
가마 종류에 따라서 색깔이 달라진다고. 그건 직접 불 때는 장작 가마로 구운 거.

신기하다. 나중에 구경하러 가도 돼요?

시간만 맞으면.

신뢰가 좀 쌓인 건가.

갑자기 내부 공사를 하게 돼서, 이제 숙박 연장이 안 될 것 같아.
연장이라 해봤자 3일밖에 없는데…
정실장님한테 활동비라도 좀 부탁드려 봐야 하나.

오늘은 돌아가요. 자기 몸 하나 간수 못 하는 사람 손, 안 빌립니다.
여기저기 옮길 수도 있는 거고. 오늘은 강의실에 들어오지 마세요.
그렇겠네요. 괜히 설치다가 다른 사람들한테 병균 옮길 수도 있는 거니까. 그럼, 쉬겠습니다!

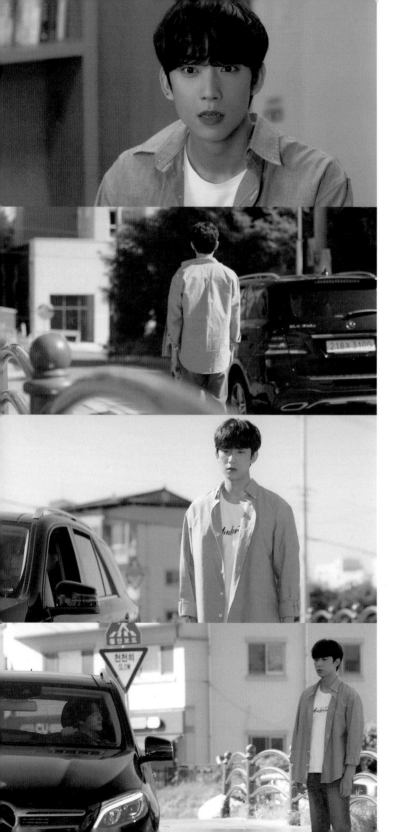

대상포진입니다.
이 정도면 정말 아팠을 텐데.
요즘은 참는 거 미련한 거예요.

동희가 여기까지 배달 일 시킵니까.

잠시 나온 김에 할 일이 있어서요.

병원은?

지금 다녀오는 길이예요. 감기는 아닌데,

대상포진이래요.

덕분에 초기에 치료받았습니다. 고맙습니다.

타요. 데려다줄 테니까.

아니에요. 요 앞에 집 좀 알아보러 가야 돼서요.

몸도 안 좋은데, 굳이 지금 알아 봐야 하나?

차에서 얘기해요.

저 진짜 괜찮은데….

지원영, 그냥 좀 가지?

집 구하는 건, 낫고 나서 해요.
저도 그러고 싶은데
지내던 펜션에서 공사를 한다고 해서, 3일 안에 방을 빼줘야 되거든요.
찾아보니까 괜찮은 데 몇 군데 있더라구요.
이사는 나중에 가요. 나을 동안은 우리 집에 있고.

대박! 나 진짜 윤태준 집으로 왔어! 이거 꿈 아니지?!

뭘 믿고 이렇게 잘해주는 거지?
알고 보니까 엄청나게 착한 사람이었던 거야.
불쌍한 사람 그냥 지나치질 못하는 거지.
하긴, 내가 봐도 내 인생 불쌍하긴 하니까….

사장님! 저 약 좀 발라주시면 안 될까요?

이게 등 가운데 떡하니 나가지고. 잘 안 돼서요.

지금 일부러 그러신 거죠?

아닙니다.

왜 알바생 안 왔냐?
원영이 아파서 당분간 못 나와.
그럼, 너 배달은?
내가 도와줘?

저도 집에까지
들어오게 될 줄은 몰랐어요.
아, 활동비 들어온 건 확인했어요.
보고서는 정리되는 대로 보낼게요.

집에 들어왔다고 좋아했더니만,
뭐라도 있어야 실마리라도 찾지…

진짜 아무것도 없네.
이렇게 대단한 사람인데….

누가 청소하라 그랬습니까?
놔두라고! 됐으니까, 그냥 나가요.

거긴 왜 허락 없이 들어가 가지고!! 망했어, 망했다고!
괜히 데려왔나….

어젠 죄송했어요.
작업실 맘대로 들어가고
그럼 안 되는 거였는데.
들어가도 돼요, 작업실.
편하게 쓰라고. 핸드폰.
무슨 일 있으면 전화해요.

어젠, 미안했어요. 무턱대고 화부터 내서.

아니에요! 저두 뭐 잘한 거 없는데요. 언제쯤 오세요?

아, 아무래도 주인 없는 집에 혼자 있다 보니까 오만배쯤 어색하달까요? 뭐 그런 건데.

8시쯤. 마감하고 바로 들어가요.

근데, 왜, 무엇 때문에, 그 까칠하신 차주헌씨가 갑자기 마더 테레사가 됐을까?

왜 원영이만 비켜 갔을까?

의도한 건 아니지만, 여기 있게 된 게 나 때문이기도 하니까.

도예 수업이든 뭐든, 원하는 거 빨리 얻고 원래 있던 곳으로 돌아갔으면 해서.

그냥, 책임감 같은 거라고.

오늘은 코일 만드는 법부터.

힘은 최대한 균등하게, 손가락 마디로 흙을 늘인다는 생각으로.

오늘은 흙이 좀 무른 편이니까, 힘 조절을 더 섬세하게. 스펀지로 다듬으면서 해봐요.

사장님! 됐어요!!

지원영씨, 지금 이걸로 되겠어요?

원래 뭐든 그렇게 열심히 합니까? 필요 이상으로 애쓰는 것 같아 보여서.
버릇이에요. 늘 뭔가 쫓기는 기분이라, 열심히라도 안 하면 다음이 없을 것 같거든요.
지금이 있어야 다음이 있는 거 아닌가? 그냥 숨 좀 쉬라고.
숨을 돌려야 다음이 보일 때도 있으니까.
흙 만지는 시간만큼은 쉬는 시간이라고 생각하고 해요.
여기 점토물. 그만, 빨개졌어요.

떨려 죽는 줄 알았네…
근데, 나 왜 긴장한 거지?
어이없어, 아 미치겠다…

어디서 어떻게 살고 있는진 내 궁금해하지 않으마.
손에서 흙을 놓지는 마라.
흙쟁이로서의 삶을 버리진 말란 얘기야.

A general ward

우리, 2년 만인가? 넌 진짜 하나도 안 변했네?
형도 안 변했네. 뻔뻔한 건 그대로인 것 같은데.
실력이 없으면 뻔뻔하기라도 해야지,
뭐, 별수 있어? 주변 사람들 이용해서
작품 팔아먹고 산다고,
주변에서 다 욕하고 있는 거 다 알아.

임시 휴업 공지도 없이 어디 가셨지?

걱정돼서 들렀는데 생각보다
괜찮은 것 같기도 하고?
배달은 이제 쉬시는 거예요?
쟤가 도와준 지 좀 됐어.
뭐야 너 아프다며, 여기 웬일로?
이젠 괜찮아요. 곧 다시 복귀할 거거든요.
괜찮다고? 진짜로? 별로 안 괜찮아 보이는데.
고호태! 애 그만 괴롭히고
빨리 배달이나 갔다 와!!

사장님 어디 가신지 아세요? 연락도 안 되고, 어제 집에도 안 들어오셔서요.

저 사장님 집에서 지내고 있거든요. 갈 데가 없다니까, 측은지심 발동하셨나 봐요.

그럴 리가. 걔가 그렇게 쉽게 사람 들이는 인간이 아닌데.

사장님, 잠깐만 일어나 보세요. 약만 먹고 다시 자요.

어떡하지. 어떻게 먹일 방법이 없나….

약 줘요. 그렇게까지 생각해 주다니. 고맙네.

실장님, 말도 마세요. 방금 전까지 얼마나 식겁했다고요.

간신히 약 구해다 먹여서 지금 자고 있어요.

원영씨 나이스 샷. 오늘 거 완전 유효타겠네요.

아니, 혼자 아플 때 간호해 주는 것만큼 고마운 일이 어딨어요. 집에까지 들어간 보람이 있었다. 그렇죠?

그렇죠. 좋은 기회였네요. 좋은 기회였어요.

왜 여기서 자요?

시간 맞춰 깨워서 약 먹이려 했는데 잠깐 졸았더니. 열은 좀 내린 거 같은데, 벌써 움직이셔도 되는 거예요?

덕분에. 가끔씩 스트레스를 받으면 몸살을 앓는데, 어젠 좀 심했나 봐요. 고마워요.

마음은 급한데 비는 오지, 사방은 또 깜깜하지.

그래도 제가 안전 운전이 모토거든요!

아. 여기 패였네.

지금 장난치신 거죠?

너무하네. 내가 차에 흠집 좀 났다고 생명의 은인을 탓할 만큼 무뢰한으로 보였습니까?

빨리 닦아내고 나가죠

예전에 가마 작업하다가 불똥이 튀었어요.

아무래도 불과 뗄 수 없는 일이다 보니까.

아팠겠다. 어떻게 생긴 상처든, 상처는 상처니까.

뭐 보고 있었는데?
아무것도 아니에요! 아, 배고파요. 밥 먹으러 가요!

어디 한번 봐봐. 기스 제대로 났네. 안 그래도 못난 얼굴 험악해지기까지 하겠다.

김동희, 생일 축하해.

고마워 죽겠네.

평생 간직해라!

그래, 쓰레기통에~!

니가 밥 안 사주고 도망갈까 봐 지키고 있는 거 안 보여?
나 배달 도와주는 거 오늘 마지막이래매.
내가 좀 무심했네, 밥이나 먹으러 가자. 좀만 기다려.

목 빠지겠다. 나한테까지 비밀로 했었던 이유가 뭐야? 쟤 미아 보호 중이었던 거.

특수한 상황이잖아. 마땅히 들어갈 집이 없기도 했고.

올해 안에 서울 갈 거라더라. 너도 생각이 있겠지만. 잊지 말라고. 잠깐 왔다가 가는 애라는 거.

신경 꺼.

아까 쓰신 소원이요. 연애 고민 같은… 그런 거였어요?

사장님 같은 그런 사람도 그런 고민을 하나 싶어서. 인기 많으시죠?

멋있고, 은근 다정하고. 원하는 사람이랑 못 사겨본 적 없을 것 같은데.

없었죠. 그냥. 좋아해도 될지. 고민 중이에요.

말해 봐요. 내가 딱 진단 내줄게요.

아직 완전히 파악을 못 했어요. 평소 이상형이랑 거리가 너무 멀어서.

진중하고 어른스러운 사람이 이상형이었는데, 정반대인 건 확실하거든. 그래선가, 자꾸 챙겨주고 싶어지네.

에이, 좋아하는 거 맞네.
눈치도 확실히 없는 것 같고.
어휴… 힘드시겠어요.

이런 건 그 좋아한다던 여자분한테 해주셔야 하는 거 아니에요?
그러게.

설레는 마음,
수줍은 고백

너 취하기 전에 말해야겠다.
나랑 한 달만 사귀자.

소설 쓰냐? 이것도 보고서라고.

사장님, 표정이 좋아 보이시네요, 하긴 사랑에 빠지면 다들 그렇다고들 하더라구요.

뭘 자꾸 중얼거립니까?

아닙니다. 사장님, 이거 물레 맞죠?

한번 해볼래요? 하루 체험하는 사람들도 하는 겁니다. 겁내지 말아요. 제가 한번 보여줄게요.

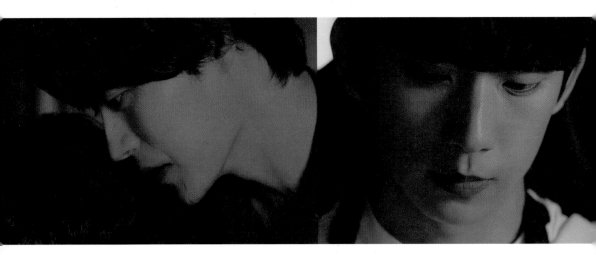

힘 빼요. 힘을 주는 손은 오른손이에요. 왼손은 그냥 얹어 두기만 하면 돼요.
꼭 이렇게 가르쳐 주셔야 되는 거예요? 사장님은 아쉬우시겠다. 여자 수강생이었으면 엄청 떨릴 것 같은데.
그럴 수도 있지만, 남자라고 안 그럴 것 같아요?
아… 맞네. 물레 수업 어려워서 떨리는 건데 남자 여자가 어딨겠어요.

유치하긴…

아, 그만 생각하라고!!! 너무 대단한 사람이랑 가까이 있다 보니까 긴장돼서 그런 거야.
게다가 좋아하는 여자까지 있는 사람을…
그게 나랑 뭔 상관? 어쨌든 동경은 할 수 있잖아!
연예인 같은 느낌적인 느낌?! 하 참 어이가 없어가지고. 착각도 정도껏 해야지.

가만있어 봐요. 감기 걸리겠다.

사장님. 저, 집 알아봐야겠어요. 이제 다 나았으니까요.

그래도 더 이상 신세 지는 건 예의가 아닌 것 같아서요.

너 무슨 일 있냐? 내가 너 점토 이렇게 다루는 걸 첨 보는데. 아무 일 없기는.

내일 오전에 집 좀 보러 가려고요.

수포는?

거의 다 나았어요.

이제 아프지도 않고요.

한번 봐요.
집 나가면 봐줄 사람도 없을 텐데.
괜찮은데….
뭐… 다 나은 거 같네요.
내일, 집 알아보러 같이 가요.

사장님, 이러시는 이유가 뭐예요?
좋은 매물인지 아닌지 객관적으로 평가해 주려는 것뿐입니다.
불편할 게 빤히 보이는데 굳이 왜? 생각 바뀌었으면 얘기해요.
무를 기회 줄게요.

남의 집 더부살이, 제 적성에도 안 맞고.
분에 넘치게 좋은 집이라 편하게 돌아다닌 적도 없어요.
그리고 너무 외진 곳에 있으니까 밤에 치킨 먹고 싶은데 배달도 안 해준다 그리고.
산 모기 물리면 아프기만 하고.
불편한 걸 참으면서 지내고 있을 거라곤 생각 못 했네.
아쉬워서 심술 좀 내봤는데, 불쾌했다면 사과할게요.

다행히 전에 지내던 펜션에서 공사 끝났다 문자 와서,

거기 가기로 했어요

난 니가 주헌이 집에서 좀 더 지낼 줄 알았는데.

몸도 다 나았는데 염치없이 그럴 수 없죠.

인사해. 목공샵 애리누나.
이번에 여행을 세 달씩이나 갔다 왔단다.
주헌이랑 나랑 같은 청년몰 창립 멤버.

너 남자 좋아하잖아! 딴 놈들은 되고, 난 왜 안 되는데?!

넌 이모 아들… 야, 너는 내가 남자면 다 좋다고 하는 줄 알아?

아, 그래서 내가 소원이라고 한 거잖아.

나도 요즘 너 때문에 머리 터질 것 같으니까 적당히 긁어.

나라고 이게 미친 소린 줄 모를 것 같아? 여친이랑 왜 자꾸 깨지는지 생각해 보니까,

다 너 때문이더라고. 복잡한 건 모르겠고, 난 너랑 한 번 사귀어봐야겠는데. 협조 좀 하지?

호태야, 우리 이러지 말자.
그냥 너도 나 몇 대 치고 끝내면 안 될까? 나 이모 얼굴 당당하게 보고 싶다. 자, 마음대로 쳐.
아무 소리 안 하고 맞아 줄 테니까.

사장님! 저, 방 구했어요! 사실 구한 건 아니고,
지내던 펜션에 다시 들어가기로 했어요.
다행이네요.
오늘 일찍 들어오세요?
아뇨. 오늘 집에 안 들어가는데.

아니, 왜냐고! 작업 있는 날은
몇 번 나오지도 않더만.
왜 갑자기 내 고생을
대신해 주겠다고 아주 난리야.
혼자 조용히 있게 가요, 좀.

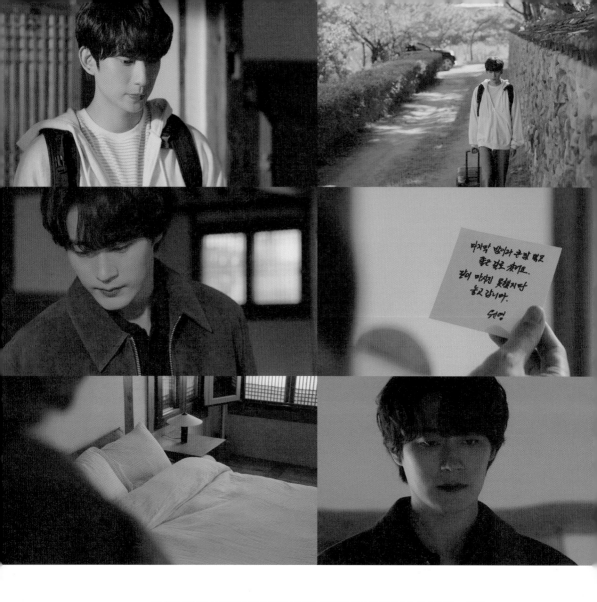

[마지막 밤이라 큰맘 먹고 좋은 걸로 샀어요. 같이 마시진 못했지만, 놓고 갑니다. -원영]

어제는 어디 좋은 데 가셨었나 봐요.
좋아하는 분이랑 데이트 다녀오신 건가?
원영씨 호기심이 참 많네요.
그런 개인적인 부분까지 물어보는 건 실례 아닙니까?

고등학생 때부터 좋아하던 놈한테 쩔쩔매는 너나, 것도 모르고 한 달만 사귀자고 들이대는 놈이나.

지는? 간첩도 아니면서 과거사는 꽁꽁 감춰대는 수상한 놈 주제에.

또 그런 놈한테 뭘 배우겠답시고 강릉 바닥에 주저앉은 놈도 있는데.

진짜 고소하든가. 행동으로 보여주면 도망갈지도 모르잖아.

그건 안 돼. 그러면 이모 귀에 들어갈 거 아냐. 그건 절대 안 돼.

내 얘기는 됐고. 너, 어떻게 원영이한테 그럴 수 있냐?

좀 떨어져서 보면 알게 되겠지. 그동안 내가 저를 대하는 태도가,
평소랑 얼마나 달랐는지. 당분간 신경 좀 써줘. 맛있는 것도 좀 사주고…
그래, 오늘은 호태 놈이랑 다니느라 바쁠 테니까, 괜찮겠지.
뭐? 걔랑 왜? 왜 다니는데. 그 얘길 왜 지금 해?!

너 저번에 나랑 김동희 얘기하는 거, 들었지?
근데, 난 장난으로 한 말이 아니라 앞으로도 계속 들이댈 거라서.
혹시 불편해질 것 같으면 지금 얘기하라고.

전 괜찮아요. 사람이 사람 좋아하는 게, 뭐 잘못인가요.

일기예보 못 봤어요? 우산은 왜 안 가지고 다닙니까?

틀릴 줄 알았죠. 낮엔 비 안 왔으니까.

술 드셨어요? 평소엔 술 잘 안 하신다더니. 고민이 많으신가 봐요.

애정 문제신가? 이런 거 물어보면 실례죠?

대체 왜 여기까지 따라오시는 건데요?

혹시라도 비가 오면 비 맞을까 봐.

헷갈리게 이러지 좀 마요.

나 지금…

내 마음만으로도 버거워 죽겠다구요.

근데, 사장님이 계속 이러시면

내가 너무 헷갈리잖아요

뭔데? 그 마음이… 뭔데요?

아마 요즘 사장님이 갑자기 차갑게
대하셔서 제가 좀 섭섭했나 봐요.
바쁘면 당연히 저 같은 거
신경 못 쓰시는 게 당연한 건데
제가 좀 이래요.
조금만 잘해주면 아무 데나
다리 뻗으려고 하고….
그래도 돼요. 아무 연고도 없이
여기서 지내게 된 것도 다
나 때문이잖아요.

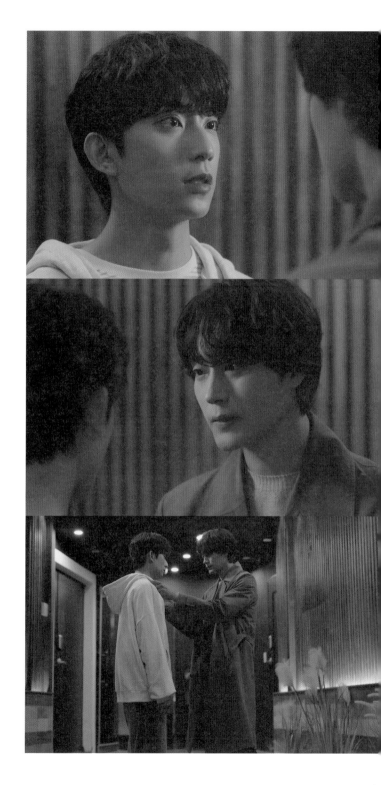

왜 이렇게 지친 기분이냐. 그래서 그렇게 잘해준 거구나. 그렇겠지. 책임감 강한 사람이니까.

무슨 일 있어요? 또 어디 아파요?

원영아. 너 다음 주 휴무 날 시간 괜찮아?

카페 단합 대회나 가고.

원영이 생파도 할 겸! 차주헌 넌 당연히 "됐어." 그러겠지? 안 물어볼란다.

잘됐네. 마침 바람이나 쐴까 했는데. 갈 수 있죠?

아니, 너 내일 모레 중국 가야 돼. 무슨 세미나라던데….

내가 거기를 왜 가는데?

너희 아버지한테 연락 왔어. 베이징에서 세미나가 있는데, 너 꼭 달고 가야 되겠다고.

북경 출장이 좀 급하게 잡혔네.

왜? 중국에 그릇 팔게? 거기서 니 그릇 맘에 든대?

미안해요, 생일인데. 그날 아침에는 도착해요. 도착하는 대로 바로 합류할게요.

생일 축하해 줄 거라고 했으니까, 늦더라도 가야죠.

[북경은 여기보다 좀 더 춥대요. – 원영]

호태씨는 여자 친구 사귀었잖아요? 근데 어떻게 동희형을 좋아한다는 걸 받아들이게 됐어요?

받아들이다니, 뭘?

그러니까. 인정이라고 해야 하나, 착각일 수도 있잖아요.

아니, 좋아하는 건 마음이 하는 건데, 무슨 인정이라느니, 착각이라느니, 자꾸 머리가 하는 걸 물어봐?

내가 단순해서 모르는 건가? 다들 막 그게 따로따로인가? 난 그냥 김동희가 좋다니까?

너, 그릇집 형 좋아하지? 그냥 고백해 버려.

이런, 미친!! 야!! 고호태 너 그거 훔쳐 타고 왔지?! 빨리 안 갖다 놔?!
빨리 타!!

물레 배울 때 꼭 그렇게 껴안고 안 알려 주셔도 되던데요? 서점에도 일부러 나 보러 오신 거잖아요.

집에 누구 들이시는 것도 싫어하신다면서요. 이렇게 귀국하자마자 달려오시는 거,

아무한테나 하는 거 아니지 않아요? 이것도 다 책임감이에요?

책임감이 얼마나 강하면 이렇게까지 하시는 건데요?

지금부터 제가 미친 짓을 좀 할 건데요,

기분 나쁘시면 한 대 때리셔도 돼요.

저. 사장님 좋아해요. 제멋대로 착각하고, 고백해서 죄송해요.

진짜 바보였네.

만약에 우리가
만나지
않았더라면

제가 사장님 좋아하게 된 것도. 알고 있었어요? 왜 진작에 안 알려 주셨어요? 재밌어서?
참았어요, 신중하고 싶어서. 근데, 점점 더 견디기 힘들던데요?
더 잘해 주고 싶은 거 꾹 참느라. 나랑 연애해 줄래요?

근데, 너 왜 술 안 마시냐? 나 아무 짓도 안 할 테니까, 나랑 술 좀 마시자.
꿈 깨라. 죽으면 죽었지 너랑은 절대 술 안 마셔.

왜? 나한테 진짜 속마음 들키기 싫으니까. 맞지? 생각해 봤는데.
니가 화나는 게, '사귀자' 가 아니고, '한 달만' 때문이냐?

생일 축하해요. 스탠드를 하나 만들었는데,
안 주려고. 쓰던 방에 둘 테니까,
보고 싶으면 다시 와요.
왜 굳이 집을 나가서 일을 복잡하게 만들었어요.
그땐 그냥 같이 있는 것만으로도
참기 힘들었다구요.
사장님이 좋은 내가 싫고,
길들여지는 것 같아서 무섭고.
그렇다고 어디 털어놓을 데도 없었으니까.
도망치는 거 외에는 할 수 있는 게 없더라구요.

유치하다고 놀려도 돼요.
이런 거 꼭 해보고 싶었거든요.
나도 유치한 장난 좋아하는데?
세상이 이만해졌으면 좋겠다.
어디 있어도 볼 수 있으니까.

빨리 털어놓고 관둬야지. 회사가 뭐, 태평밖에 없는 것도 아니고.

지원영씨, 이렇게 기본적인 것도 제대로 못하면
어떡합니까. 몇 번째 수업인데.
장난친 거죠? 나 안 해!
귀여워 죽겠네.
실망인데? 난 내 얼굴 보고 반한 건 줄 알았는데.
저도 한 잘생김 하거든요!

저 소개팅 시켜달라고 한 적 없어요!
그래서 좋아하는 타입까지 밝힌 건가?
그냥 젤 무난한 걸로 둘러대다 보니까.
그렇게 말한 거예요.
대신, 이상형은 좀 바꿉시다. 청순은 좀…

난 아버지한테 손재주를 많이 물려받았어요.

근데, 원영씨 같은 추억은 없네. 아들을 대한다기보다 제자를 대하는 느낌이었거든.

아버지한테 사랑을 받았다는 생각을 한 번도 해본 적이 없어요.

그 어린 나이에도 '정말 아빠로선 점수가 꽝이구나.'라고 생각했을 정도니까.

저, 이번 휴일에 서울 좀 다녀오려구요.
할 일도 좀 있고, 친구들도 너무 오래 안 봐서 좀 보고 싶기도 하구요.

싫은데, 싫다고 하면 안 되는 거겠죠?
혹시 그거 질투예요?
고마워요. 나한테 와줘서.
해요, 하고 싶은 거 다. 대신, 거짓말만 하지 마요.

본의 아니게 거짓말한 게 있는데,
사실대로 말하면 다신 안 본다고 할까 봐,
무서워서.
원영아. 내가, 너 왜 좋아했는지 알아?
솔직해서.
뭐 자기 잇속 안 따지고
다른 사람들 위하면서도, 저렇게 솔직하게
사람을 대할 수가 있구나.
겁나네 어쩌네 핑계 대지 말고
너답게 가.
거짓말 위에 쌓인 관계는 언젠간 무너지더라고.

원영이 친한 형입니다. 좀 많이 늦는 것 같아서 데리러 왔는데.
많이 취한 것 같네요. 부축이 필요할 정도로.
미안하다, 먼저 가볼게. 조심히 들어가. 가요, 사장님!

내일까지 못 보는 것보단 힘든 게 나아서. 좀, 봐요. 이제 좀 살겠다.
사장님, 드릴 말씀 있는데 잠깐 어디 들어가면 안 될까요?

반갑게 인사할 사이는 아니지 않나? 중요한 얘기 중이었어. 방해받고 싶지 않은데.
나도 바빠. 호텔 관계자랑 미팅하러 왔거든. 여기 로비에 내 작품 몇 점 전시해 달라 그래서.
며칠 뒤에 왔으면 너도 볼 수 있었을 텐데, 아쉽다.
뭐 굳이. 사업처럼 예술하는 사람 작품, 관심 없는데.
여기, 다른 사람이랑 오는 건 좀 아니지 않나?

아까 그 사람, 대학교 선배였어요.

5년 정도 사귀었네요. 좋았던 연애라고 할 순 없지만, 안정적이었어요.

화가 윤성국 알아요? 내 아버지예요.

그 덕에 나를 이용하려고 다가오는 사람들이 많았죠. 그 사람도.

더는 아무도 못 믿겠더라구요. 윤태준의 삶에서 도망치려고 했던 거 같아요.

미리 말 못 해서 미안해요.

사과하지 마세요!! 사장님이 미안하실 일이 아니잖아요.

다들 크건 작건 거짓말하면서 살아가잖아요.

물론 그게 잘했다는 건 아니지만.

어쩔 수 없는 상황이라는 게 있을 수도 있고. 사과하지 마세요.

미안해요.
사장님, 내가 좋아하게 될 줄 알았나.
몰라서 그랬었거든요.

이런 고백은 제정신일 때 해주면 좋겠는데.

미안해요….

사장님. 미안해요… 진짜….

저, 이 일 그만두겠습니다.
그 사람, 더 이상 못 속이겠어요.
하나만 부탁드릴게요.
제가 직접 말하기 전까지,
윤작가님한테 비밀 지켜주세요.

잠깐이라, 걱정 안 하실 줄 알았어요.

어떻게 걱정을 안 합니까! 어제 일도 있고.

아무 이유도 없이 계속 미안하다고 하질 않나.

아침에 갑자기 사라져선 연락도 안 되는데, 내가 아는 거라곤 고작 핸드폰 번호 밖에 없고.

이렇게 사라져도 찾을 수가 없을 것 같다는 생각만 드니까….

내가 잘못했네. 이제 안 그럴게요.

이제 사직서 수리만 되면…
조금만 기다려줘요.
내가 다 바로잡을게요.

항아리한테 뺏긴 애인 찾으러 왔습니다!

이제 좀 살겠네.

밥 아직 안 먹었죠? 제가 떡볶이 만들어 왔는데, 이게 또 끝내주거든요!

호태씨 과외 때문에 바로 가봐야 해서요.

끝나고 펜션으로 갈게요.

어 원영씨, 나 지금 윤작가 작업실인데… 어디…
설명이 좀 필요하겠네요.

지원영씨가 나에 대해 알려 준 시점이 최근이 아니라···.
정직당하고 얼마 안 지났을 땐데, 머리 좀 식히러 강릉에 놀러 왔다가 우연히 작가님을 찾았다고 했습니다. 그리고
얼마 시간이 안 지나서 저한테 연락이 와서 묻더라구요.
윤작가 설득시켜서 전속 계약 맺을 수 있도록 도와주면 자기도 복직할 수 있는 거냐고.

정실장한테 얘기 다 듣고 왔어. 니가 왜 내 옆에 붙어있었는지 전부 다.

그래도 나는! 지금이라도 니가 얘기하면 다시 생각해 보려고 했어. 말 못할 사정이 있지 않을까,

서울 갔던 날 니가 그렇게 힘들어했던 것도, 혹시 이것 때문이 아니었을까 하고!

하지만 넌 결국, 회사를 택한 거야. 그때도, 지금도.

아니에요! 그게 아니라. 겁이 나서 그랬어요. 다 말하고 나면, 사장님이 그만 만나자고 할 것 같아서.

사장님이랑 헤어지는 게 무서워서.

그렇겠지. 헤어지면 니 계획이 다 틀어질 테니까. 생각보다 빨리 넘어오니 기회다 싶었니?

그런 적 없어요. 기회라고 생각한 적 없어요.

이제 나는, 어디부터가 니 계획이고 어디까지가 니 진심인지, 모르겠어.

지원영씨, 우리 다시는 보지 맙시다.

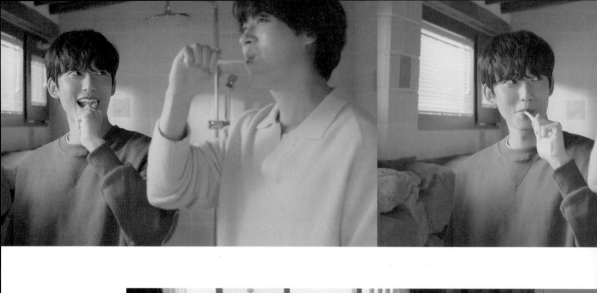

for wu

for wy

여기에 오길 참 잘했다.

다신 보지 말자고 했을 텐데.
전부 다 제 잘못이에요. 의도적으로 사장님한테
접근한 것도 맞고, 또 빨리 말 못한 것도 다 제 잘못이에요.
다 변명같이 들리시겠지만 사장님이
저한테 잘해주신 거 기회라고 생각한 적은 없어요,
사장님을 좋아하게 된 건 계획에 없던 일이니까요.
회사로 돌아가요. 내가 베푸는 마지막 친절이고,
벌입니다. 나는 지원영씨가 죄책감을 가졌으면 좋겠어요.

맞고 꺼질래? 그냥 꺼질래?
한 달만 사귀어주면 오늘은 꺼져드릴게.
꺼지라고 했다.
또 차였네. 몇 번째야.

너 괜찮아? 차주헌 그 자식이 그랬지?
뭐라 그랬는데?
아니에요. 제가 잘못했어요…
제가… 거짓말 했어요….

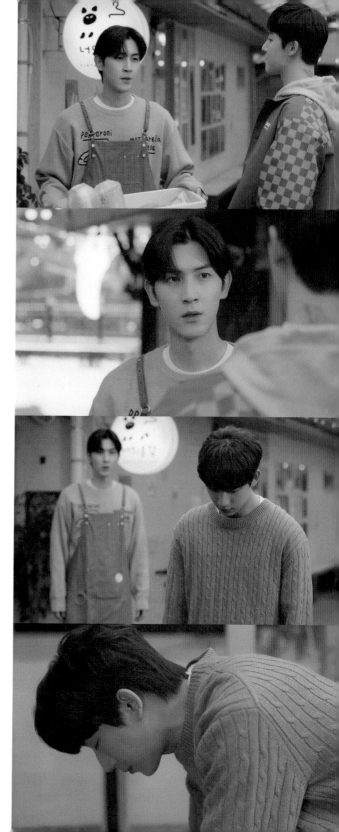

지구가 돈다고 너도 돌았니?

돌았다. 웃으니까 좀 낫네.
너는 가만 보면, 빡 치는 것도 나 때문이고, 웃는 것도 나 때문인데,
나한테 관심은 없다고 그러더라.

원영이는? 말 못할 이유 없었을 것 같아? 걔 이미 사표도 냈다고 그러더라.

아니 복직할 기회 노리는 놈이 미쳤다고 사표를 던져? 걔 진심인 거, 난 표정만 봐도 알겠던데.

이번이 처음이었으면, 믿으려고 했겠지. 5년을 만났어도 깨지는 게 믿음이야. 겨우 두세 달….

이거 원영 학생 건데. 이제 안 오는데, 이거 제가 정리할까요?
그냥 두시면 제가 정리하겠습니다.

밥은 먹고 사냐? 회사는?

너 안 나간 지 벌써 일주일 다 돼가는데, 거기서 너 계속 기다려준대?

회사 다시 들어가게 되면 인정하게 되는 거잖아요.

결국, 사장님 팔아서 복직한, 사장님이 경멸하는 그런 인간이라고.

근데 사장님이… 너무 보고 싶어요.

회사로 돌아가. 윤태준이 전속 계약이니 뭐니, 그거랑 바꿔서 준 기회라며.

같은 계열사라며.

혹시 또 알아? 우연히라도 만나질지.

오늘 야근 가능한 사람?

얼마 전에 전속 계약한 도예가 있잖아? 도록 촬영이 있는데,

운영팀에서 일손이 모자라다네. 왜 있잖아, 그 회장님 최애. 아, 윤태준 작가였나?

먼저 말 안 하기로 저랑 약속하셨잖아요.
나도 얼마나 놀랐는데. 나도 약속 지키려고 원영씨한테 먼저 전화한 건데,
그걸 윤작가가 받을 줄 내가 알았나?
결과가 좋은데 뭐 어때. 어쨌든 우리는 윤작가랑 계약했고, 원영씨는 복직됐고!

저, 사장님이 주신 벌, 받고 있어요. 돌아오지 않는 게 맞다고도 생각했는데,

그럼 다시는 사장님 못 볼 것 같아서. 저, 정말 노력할 거예요. 사장님이 다시 용서해 주실 때까지.

노력이든 뭐든, 하지 마요. 용서도 감정이 남아있을 때 하는 겁니다.

난 지금 원영씨한테 아무런 감정이 없어요.

화가 안 났다면 거짓말이지만, 이해해 보려고 마음먹었고, 그렇게 하고 있는 중입니다.

그리고 지금도. 이 사람은 왜 이렇게 미련 남은 얼굴을 하고 있는걸까,

혹시 나한테 이용할 게 아직 더 남아있는 걸까, 이해해 보려 하고 있다고.

미친 짓인 거 알아요. 이렇게라도 해야 만나줄 거 같아서 그랬어요.

사람 질리게 하네. 넘어가겠다고 했잖아. 내 말뜻 못 알아들어?

제가 사장님을 속인 것 때문에 화나신 거라면, 괜찮아요. 받아들일게요.

근데, 좋아하는 척 옆에 붙어있었단 게 화나는 거라면, 그것 때문에 용서 못 하시는 거라면.

그건, 너무 억울해요. 뭐든 할게요. 진심이라는 거, 증명할 수만 있다면.

내가 왜, 그렇게까지 하면서 니 마음을 알아야 되는데?

그게 진실이니까요. 내가 잘못한 건 아는데,

그렇다고 내 마음까지 사장님 마음대로 생각할 권리는 없잖아요.

그건, 너무 억울하니까. 외면하지 마요. 마음대로 해석하지 말라구요.

사장님!!! 안 돌아봐도 돼요. 듣기만 해 주세요.
더 생각해 볼게요. 어떻게 해야 사장님이 믿어주실지. 더 생각해 볼게요! 더 많이요!
나 사장님 포기 못 하겠어요. 포기가 안 된다구요!!

연애는
비의도적

교양수업에 도예 클래스를 개설하면 어떨까 해서요.
마침 우리 갤러리에서… 윤태준 작가님 도예전도 진행 중이고요.

요즘은 원영이한테 연락 없고? 아니 원래 나랑은 매일 연락했었거든.
뭐 죄다 니 얘기뿐이긴 하지만. 근데 벌써 열흘째 연락이 없단 말이지.
바빠서 그런가? 아님, 슬슬 포기 단계?

끝난 사이라고 말하지 않았던가?

그러다가 원영이, 지쳐서 나가떨어진다.

일전에 말씀드렸던 도예 클래스 기획안, 지금 메일로 보내드렸습니다.
한번 읽어보시고 확답 부탁드립니다. 기획안을 읽어보면 아시겠지만,
이번 기획 업무 담당자가 지원영씹니다. 아무래도 미리 말씀드리는 게…
길게 생각할 필요 없겠네요. 거절하겠습니다.

태준이 찾아온 거예요? 혹시 쟤한테 뭐 잘못한 거 있어요?

그럼 그냥 포기해요. 아마 마음 안 돌릴 거예요. 인호한테 받은 상처만 잘 닫아줬어도.

지원영⋯?! 다친 데는?! 너는 괜찮냐고!

작품 마감이 내일모레까지랬지? 그럼 적어도 오늘 밤엔 가마 작업에 들어가야 일정을…

됐으니까 선배는 치료나 신경 써요. 알아서 할게.

제가 도와드리면 안 될까요? 내일 일요일이고, 딱히 할 일도 없어서.

일단 치료부터 받읍시다.

정말 이런 부탁 하고 싶지 않았는데, 지금 좀 난처한 상황이라. 도와줄 수 있겠어요?

그럼요! 얼마든지요!!

이 많은 걸 혼자 하려고 하셨어요?
그러다 몸 상하면. 죄송해요. 이런 걱정 할 자격 없는데.
갈아입어요. 저쪽 가마터에 있을 거니까 무슨 일 있으면 불러요.

혹시 또 불똥이 튀면, 이번엔 제가
막아드릴 수도 있잖아요.
시간이 좀 비는데,
그 기획안이나 한 번 보죠.

왜 그러는데. 화났잖아요, 지금.
제가 화낼 주제나 되나요?
근데! 솔직히 좀 억울해요.
그것 때문에 도와드리는 거 아니라구요.
몇 번을 말해도 안 믿으시겠죠.

고마워서 그랬어요.
지금 제일 필요한 게, 그 기획안 아닙니까?
아니에요. 제일 필요한 거, 그거 아니라구요. 내가 이 기획을 왜 시작한지도 모르면서….

짝사랑 별로다.

사람 구차해지네… 진짜…

나요···
사장님이 미워 죽겠는데,
너무 좋아요, 진짜, 미치도록.

원영씨한테 너무 고맙다고,
우리 와이프가 한 턱 쏘겠다고 했어요. 마침 그때 다들 시간이 된다 그래서,
작게 파티라도 할까 하는데. 희동이랑 호태도 오기로 했어요.

혹시, 사장님도 오시나요?

너, 원영씨랑은 어떻게 돼가는 거야?

뭘 어떻게 돼가, 헤어졌다니까.

내가 쓰러졌을 때 완전 정신 줄 놓은 줄 알았지? 넌 어떻게 알고 지낸 선배가 쓰러졌는데,

걔만 챙기냐? 너한테 뭘 크게 잘못했다더만, 다시 안 볼 정도야?

날 속였어. 나한테 원하는 게 있었더라고. 처음부터 의도적으로 접근한 거지, 사랑하는 척하면서.

안 보고 살아도 괜찮은 거 맞아?

내가 2년 동안 한 번도 이런 말 안 했으니까, 딱 한마디만 할게. 과거는 놔줘.

그것 때문에 또 놓치는 게 생기면 니가 너무 힘들지 않겠어?

난 말이다. 우리 동희가 여잘 좋아하든 남잘 좋아하든 상관없다.
이모는 말이야 죽을 때까지 니 행복하라고 응원할 거야. 쫓겨나면 꼭 일로 오니라.

이모, 미안….

물어보면 안 될 것 같아서 안 물어봤었는데… 오토바이는 왜 탄 거야?

더 양아치처럼 보일려고. 너 서울에 대학가고, 나 좀 힘들었거든.

안 보면 괜찮을 줄 알았는데, 안 괜찮더라고.

엉망진창 쓰레기처럼 살다 보면, 나중에 고백하고 싶어서 못 견디겠다 싶은 때가 와도, 쪽팔려서 못하겠지, 생각했어.

다 개소리. 못 견디는 건 그냥 못 견디는 거더라고.

그냥 너 힘들면 계속 퇴짜 놔도 돼. 죽을 때까지 너한테 들이대면서 살지, 뭐.

오늘 크리스마스이브인데,
어디 안 가? 맞다, 반차 냈잖아.
취소됐어요.

너 혹시 원영이랑 뭔 일 있었어? 원영이, 오늘 못 온다고 연락 왔어.

갑자기 왜?

자기 말로는 회사에 일이 많아서라고 하는데,

목소리가 영 엉망이길래 혹시나 싶어서. 너 때문인데, 핑계 대는 건가 하고.

궁금해지네. 넌 왜, 지금, 5년이나 만나면서 내가 한 번도 본 적 없는 얼굴을 하고 있을까.
누가 그런 얼굴을 하게 만들었을까.
그만해. 나 이제 형한테 아무 감정 없어.

지원영! 끊지 말고 기다려요. 실례합니다. 급한 일이 있어서요.

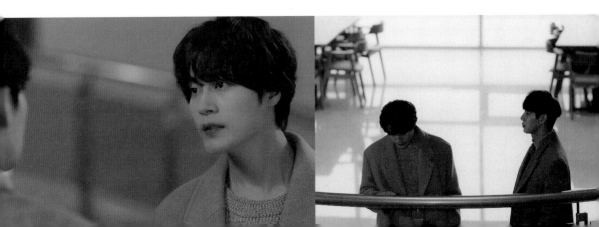

메시지라도 줬어야 하는 것 아닌가. 내 문자 봤잖아요.

사장님도 계속 제 전화 안 받으셨잖아요.

그리고 문자 한 번이라도 하신 적 있으세요?

내가 밤 10시쯤 데리러 갈 수 있어요. 서울이거든요, 지금.

그냥. 제가 사장님을 보기 싫은데요.

그 사람은 왜 괜찮은 건데요? 왜 크리스마스이브에 서울까지 와서 왜 단둘이 만나는 거냐고요?
나도 나 싫다는 사람 싫습니다. 이제 진짜 그만할래요.

저번에 말했었죠. 제일 필요한 건 따로 있다고. 그게 뭔지 물어봐도 되겠습니까?
그거야. 사장님을 속였던 걸 용서받는 거죠.

내가 원영씨를 용서하고 나면, 그다음은 어떻게 되는 겁니까.
용서를 해주신다면, 뭐든 제가 할 수 있는 방법으로 갚아야죠.
다시는 사장님 앞에 나타나지 말라고 하시면 그것도 해볼게요….
그렇게 하죠. 원영씨 사과, 받을게요. 그럼 이제 내가 바라는 걸 말할 차례네요.

미안해요! 또 거짓말 했어요.
다시는 사장님 앞에 나타나지 않겠다고 한 건 못하겠어요.
그냥 지금처럼 가끔씩이라도 마주칠 수 있게 해주세요. 있는 듯 없는 듯 그냥 있을게요.
사장님 눈에 띄지도 않게…
미안해, 힘들게 해서. 네가 날 안 보겠다고 하니까 확실히 알겠더라.
지금 네 마음이 문제가 아니라 내 문제구나. 내가 너한테 바라는 건 사과가 아니라 연애구나.
원영아, 우리 다시 만날까?

너 미쳤냐?
니꺼 먹어. 그만 뺏어 먹어!
니꺼 먹으라고!
이 정도는 하게 해줘.

뭐야, 이 분위기는? 다시 만나기로 한 거?

아직 현실감이 좀 없긴 하지만.

니네도 참, 멀리도 돌아왔다.

그러는 지는? 세계 일주 중이면서?!

우리 남편 생명의 은인, 맞죠? 많이 먹어요.
일부러 원영씨 주려고 제일 좋은 부위 남겨놓은 거니까.
먹기 싫음 먹지 마요, 탔어.
우와, 맛있어요 사장님도 아~
어? 태준이는 탄 거 절대 안 먹는… 먹네… 어떻게 사람이 변하니…?

결재할 게 있어서요. 작가님 허락 받았거든요.
그거 정실장님이 담당 바꾸라고 해서, 서대리한테 갔는데?

지원영씨 얘기 들었어? 김과장이랑 뒷돈 챙긴 거, 재무팀 대리였다는 거?
헐, 대박! 그럼 누명 썼던 거야?
그래, 김과장이 실토해서 바로 복직된 거라던데?
어우, 완전 개억울해!

저, 복직된 이유. 윤태준작가 계약이랑 관련 있는 거 맞아요?
처음부터 보고 같은 거 안 하신 거죠? 그냥 저 이용하신 거잖아요.
도예 클래스 건은 작가님 허락 받았어요. 제가 진행합니다.

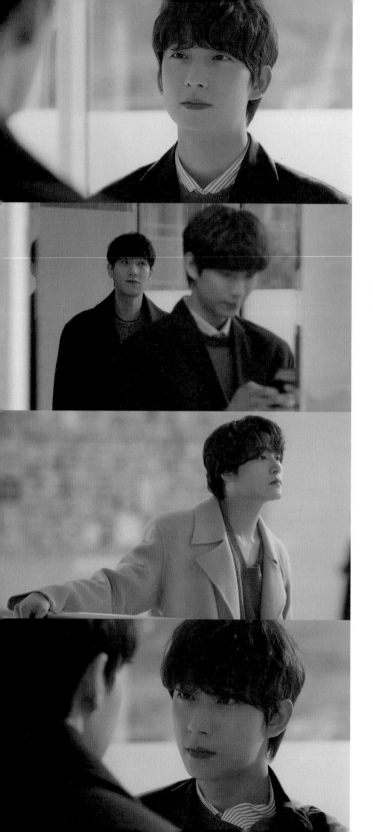

완벽해 보이는 사람이
좋아한다고 말해주니까,
우쭐하죠?
뭐, 나도 그랬으니까. 잘 모르나 본데,
윤태준한테 딱 하나 약점이 있다면,
그건 나거든? 니가 아니라.

뭔가 착각하고 계시는 것 같은데,
난 윤태준의 약점 같은 거 아니에요.
상대방 약점 되는 게
그쪽이 사랑하는 방식인가 봐요?
왜 사랑하는 사람 약점이 돼서
발목을 잡으려고 하는 건데요?
그렇게라도 안 하면
옆에 붙잡아 둘 자신이 없어서?
보통 사람들은 그렇게 사랑 안 해요..

건드리지 마.

미안해요. 생각도 못 했어요.

원영씨 만나서 이렇게 긁어댈 거라곤.

가까이 있는 거 뻔히 알면서, 내가 안일했어.

에이, 긁힌 거보다 내가 긁은 게 더 많을걸요?

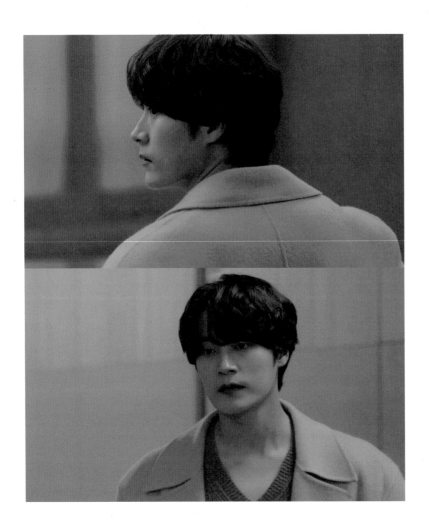

아까, 맞지? 총무팀 지원영씨.

어. 저렇게 웃으면서 회사 다니는 것도 진짜 대단해.

나 같으면 억울해서 대자보 붙였다.

그냥 혐의 없는 거 밝혀져서 복직된 건데, 낙하산이니 뭐니 아직도 난리야.

난 또 윤작가님 빽인 줄 알았네.

좀 더 자세히 들어보죠.

왜 회사 안 그만 뒀어요? 그런 소리까지 들어가면서 계속 다닌 이유가 뭡니까.

회사라도 다녀야 사장님을 볼 수 있으니까요.

미안해요. 난 그냥 원영씨가 조금만 죄책감을 가져줬으면 좋겠다고 생각했을 뿐이에요.

이런 취급 받을 줄 알았다면 정실장 제안 덥썩 물지는 않았을 거라고.

나, 누가 뭐라든 타격감 제로예요. 지금 나한테 무서운 건 사장님밖에 없거든요.

사장님은 저랑 같이 하고 싶은거 없으세요?
음… 바닷가에서 노을 보는 거? 노을 보고 있으면 시간이 멈춘 것 같은 기분이라.

회사 가기 싫다. 그냥 이렇게 계속 안고 있고 싶어요.
싫으면 그만둬요.
에이, 그럴 순 없죠. 싫은 것도 하고 살아야지, 어떻게 좋은 것만 해요.
좋아하는 것만 하면서 살 순 없지만, 하고 싶은 건 다 하게 해줄게요.

나 속물인가? 말만 들어도 좋네. 돈 많은 애인도 생겼겠다. 덕 좀 보죠, 뭐.
원영씨가 날 최대한 이용했으면 좋겠어요. 얼마든지 이용당할 마음이 있거든.
난, 이용 안 할 건데?
에이~ 아까워라.
사랑할 건데. 그냥. 사랑할래요.

파시온 아브라사도라!
왜 그래, 너?
띠 아모, 께레스 살리 콘미고?
(ti amor, 사랑해,
Quieres salir conmido?
나랑 사귈래?)

진짜 안 꺼지냐?
알아들었네.
무이 비엔.
(muy bien, 베리 굿!)
어? …안 때리냐?
이 정도는 하게 해줘.

원영씨,

윤작가가 계약을 해지하겠다고 통보해 왔어.

회장님 말씀으론 해지 사유가 나 때문이라고 하는데, 혹시 뭐 짚이는 거 없어?

원영씨가 윤작가랑 친했었으니까 좀 알아봐 줄 수 없을까?
지금 정말 모가지 떨어질 판인데…
정실장님 살려 드리는 거 아니에요.
이번에 윤작가님 데려오면, 제가 데려오는 겁니다.
정실장님이 아니라. 그리고 그 전에! 저한테 사과하세요, 진심으로.

찾았다.
고마워요. 전부.
진짜, 시간이 멈춘 것 같네.

기획 넘버쓰리픽쳐스
제작 김미나
극본 신지안
연출 장의순
원작 〈비의도적 연애담〉 피비 작(대원씨아이)
출연 차서원 공찬 원태민 도우 김용진 장준현 임준혁

촬영감독 최지열, 김형주 | 포커스풀러 김상한, 임장호 | 촬영팀 최연오, 이희선, 윤비원, 오태석, 김상민 | 조명감독 이창범 (미래발전) | 조명팀 오영삼, 김지수, 박종현, 안지상 | 발전차 이승우 | 동시녹음 이진영 (땅아사운드) | 동시녹음팀 송영찬, 김주일 | 장비팀 선지윤 (퍼팩트) 이승환, 박준환, 이재현 | 미술감독 한진구 (천우아트) | 미술팀장 왕환윤 | 미술팀 이지우 | 세트팀 세트박스 | 푸드팀 송미리 | 세트팀 세트박스 | 푸드팀 송미리 | 의상분장팀장 윤진선 (스타일랩) | 의상팀 이나연, 김희주 | 분장팀 서은지, 이세란 | 편집감독 김기덕 (블라스트) | 편집어시스턴트 김수현 | VFX 송남규 | Motion 김지용 | 종합편집 후반작업실 | DI 최석원 (후반작업실) | 음향 sound mixing studic- Time lap | 믹싱 윤보라 음향 김은동 | 타이틀 제작 김세한 송형주(인스터) | 음악감독 티어라이너 | 작편곡&연주 티어라이너, 강지훈, 이미영, 구효진, 김선경, 김민정, 센티멘탈 시너리, 이성호, 배한슬 | 음악편집 홍승현 | OST 제작 IONE entertainment | OST 프로듀서 안정훈 | OST Executive Producer 최진호 | 홍보 이나래 (날마다 좋은날) 김주애, 안채원 | 스틸&메이킹 박유빈(뉴빈에이알) 김나연, 김두기(백야스튜디오) | 카메라렌탈 조영찬(포커스랩) | 포스터디자인 이용희(반디) | 캐스팅 김송은 (대본창고), 김은애 | 스텝버스 이선우 (꿈미디어여행사) | 연출봉고 하순만 (바로바로스토리) | 카메라봉고 노병옥 | 특수차량 서태정 (BNC) | 대본인쇄 한동민 (앤젤북스) | 보조출연 한중연, 이상태 (한강예술)이진보 (아프로엔터테이먼트) | 특효 김홍진 (에프엑스21), 김홍석, 김영신 | 섭외 김준호 (로케이션럭키), 윤여란, 윤성빈, 이정훈 | 데이터매니저 박한솔 (구십이점오) 촬영도움 | 김규태(지안요), 이준성 | 연출부 김병국, 김용선 | SCR 이지은
제작관리 박병훈 | 제작이사 김형선 | 제작총괄프로듀서 반광준 | 제작프로듀서 윤석현 | 라인프로듀서 황수민 | 기획프로듀서 김홍지